Halme im Wind

gebeugt aber nicht gebrochen

Gedanken

Gebete

Geschichten

Hans-Joachim Lenz

ISBN- 978-3-8448-2938-9
März 2012

Grafische Gestaltung:
Hans Jürgen Wiehr, Mainz
Bildquellen: Hans Jürgen Wiehr Fotoarchiv

Herstellung und Verlag:
Books on Demand GmbH, Norderstedt
Printed in Germany

124 1998 – Ident-Nr. zu Texten des Autors
        Jahr der Aufzeichnung

Gedanken
wie Halme im Wind –
Worte wie Samen,
die Krume suchen,
um zu fruchten.
Zitate aus eigenen Werken
der vergangenen 70 Jahre

G45 1943

Philosophie ist nichts Wissenschaftliches, sondern ist die Seele des Menschen, die aus dem Inneren hervorquillt im ewigen Drang nach der Wahrheit.

44 1944

Wir sind selbst das Wesen, welches die Zeit, um die Leere auszufüllen, in sich aufgenommen hat. Deshalb füllt es eben die ganze Zeit – Gegenwart, Vergangenheit und Zukunft – auf gleiche Weise, und es ist unmöglich, aus dem Dasein, wie aus dem Raum hinauszufallen.

46 1944

Der Verstand ist den Menschen gegeben, um sich selbst zu verstehen.

47 1944

Unendlich groß ist meine Liebe, mein Glaube an die Ewigkeit.

48 1944

Du sollst nie Deiner inneren Stimme entgegenarbeiten, sondern sie durch Deinen Geist noch unterstützen, damit Dir alles möglichst bewusst werde und Du ganz das sein kannst, was Du bist.

49 1944

Schweigen umhüllt uns're Seelen,
Die sich ungesprochen fest verbinden.
Warum nur immer Worte?
Mein Herz greift viel tiefer,
tief hinein in den Menschen
und formt das Dunkelste
zu nie gesagter Vollkommenheit.

50 1944

Wir haben das Recht, Pflichten zu haben.

24 1945

Sei was Du willst, aber was Du bist, habe den Mut ganz zu sein.

25 1945

Nie sich selbst untreu werden! Das wäre Feigheit.

26 1945

Im Leben nie faul werden. Man muss immer eine Pflicht haben, um nicht zu verlottern. Man muss gegen sich streng sein.

81 1945   **Cantate**   Glaubte ich jemals das alles erleiden zu müssen,
wo ich mich frei schon schätzte im Fluge zu Höhe?
Schwerelos blickte zu gipfelthronenden Göttern,
ich, der Zerrissene, in furchtbare Tiefen Gesunk'ne?

    Treu umsorgt von immer mich liebenden Eltern,
    schloss sich die große Welt der Ideale mir auf,
    erlebt ich den Himmel göttlich erhabner Gefühle,
    Niemals wollte ich weichen dem mächtigen Zauber.

Heilige Sphären durchschritt ich in seligem Wahne,
senkrecht fast führt' mich der Weg zur reinsten Vollendung,
die als höchste Erfüllung des Lebens ich sah und
glaubte mit reiner Seele erlangen zu können.

    Dann kam das Leben mit all seiner grausamen Härte,
    warf mich Beglückten in menschliche Grenzen zurück.
    Was ich auch glaubte im Leben erfahren zu haben,
    schwand mir unter der harten Geißel des Schicksals.

Der Glaube vernichtet, die Götter entthronet, so stand ich
mitten im Toben des hoffnungslos endenden Krieges.
Schlecht war die Menschheit und schlecht wurde ich, ja so
schlecht wie niemals als Mensch ich glaubte werden zu können.

    All meine Lebensideale wichen dem Ego,
    das herrisch und tierisch zerwühlte die blutende Seele.
    Es starb eine Welt, die im Schwunge der Jugend ich baute,
    starb unter furchtbaren Schmerzen des inneren Wandels.

Nackt und seelisch zerrissen, voll bitterer Scham, so
wagte ich kaum zu erheben mein reuiges Antlitz.
So hoch ich zu fliegen glaubte, so tief war mein Fall, nun
steh' ich im Nichts und schaue in edlere Welten,

    wo ich glaubte dem müde gewordenen Geist die
    heiß ersehnte Ruhe geben zu können.
    Allzu frühe befällt mich dieses Verlangen,
    doch unverkennbar bleiben die Spuren der Zeiten.

Dir, Du Reine, sang ich ein Lied von den Qualen
furchtbar bitterer Erkenntnis der eigenen Schwäche.

    Zu tief noch stehe ich, um Glück im Traume zu schauen,
    zu schlecht meine Seele, nach Reinem und Gutem zu
    trachten.

Nie jedoch soll dieses göttliche Bildnis mir schwinden,
das sanft wie ein Himmel Du über die Seele mir breitest.

Einmal, ja einmal, ist doch allem Leiden ein Ende,
wird sich erfüllen der Sehnsucht ewiges Flehen.

Hoffend und glaubend auch über unendliche Fernen
bleibe ich Einsamer Dir in Treue vereint.

15 1946

Man darf sich nicht mit Leidenschaften bekannt machen, wenn
man nicht gleichzeitig die Kraft hat, sie zu beherrschen.

14 1946

In der Welt leben und denken, doch im Bewusstsein darüberstehen.

82 1946

Nie noch war mir ein Mensch so nah und –
doch so fern, Du seltsam Wesen!
Ich weiß Deine Liebe, ich weiß Deine Qual,
jeder Kuss ein brennend Mal,
jeder Blick tut mir es kund,
doch so still, so still der Mund.
Nähe Deine Liebe, doch Ferne Dein Schweigen,
Freude und Schmerz in wildestem Reigen.
Welche reine Melodie
zwinget diese Dissonanz?
Ein Wort, ein Wort nur, Geliebte,
ach! – ewig – nein?

16 1947

Man kann von einem Menschen keine Vollkommenheit erwar-
ten, nur das Bemühen um eine solche.

17 1947

Was uns beseelen soll: Besser machen als die anderen!

18 1947

Nicht ein Ausleben, sondern ein Hineinleben.

151 1947

Wir müssen Gott suchen,
dort wo er sich finden lässt.

76 1947

Die Menschen mit einer gewissen Zartheit verachten lernen.

152 1947   Der Wille ist es, der sich in einem Körper darstellt.
Ich könnte auch sagen, es ist das ICH, das Bewusstsein.

8 1948   Die Menschen ertragen das Elend nur durch eine gewisse Stumpfheit! Auch eine Gnade?

9 1948   O Gott, hilf mir ans Ende zu neuem Anfang!

19 1948   Wir müssen erst schweigen, um die Wahrheit zu schauen.

20 1948   Gott ist die Einfachheit! Unser Geist bedeutet Differenzierung.

21 1948   Wir müssen das Bewusstsein von uns in den Kosmos verlegen.
Das Bewusstsein muss außer uns liegen, in Gott.

71 1948   Drinnen ist alles das, was man draußen sucht.

72 1948   In der Ausübung des Notwendigen liegt der Segen.

73 1948   Alles, was der Mensch ersonnen, ist nur ein Ersatz für Verlorenes.

74 1948   Alles, was erkannt, mit Sinnen wahrgenommen werden kann,
ist uns in letzter Instanz wesensfremd.

234 1949   Wir stehen menschheitsgeschichtlich an einem entscheidenden
Punkt. Der Weltinnenraum, unser eigentlichstes Eigen, rüstet sich
zur Hochzeit mit dem Licht, dem absolut Geistigen.

13 1949   Dein eigenes Wachstum ist das lebendige Leben in Dir. Das
Wachstum der anderen aber lege ICH in Deine liebenden Hände.

78 1949   Es gibt verschiedene Wege zu Gott, aber allen ist gemeinsam,
dass man an Stelle der Selbstbeleuchtung die Beleuchtung des
göttlichen Wesenskernes setzt.

79 1949

Ich glaube. Und wenn ich das tue, dann tue ich es ganz
unberücksichtigt meiner eigenen Person,
die sicher etliche Einwände und Zweifel vorbringen könnte.

80 1949

Man soll nichts fassen wollen, man soll nur das Schwingen des
Inneren ganz lebendig und stark machen.

99 1962   **Das Rathaus**   Wie sieht die Architektur unserer Zeit aus: Sie „sieht" gar nicht „aus"
– denn sie hat keine Front, kein Gesicht, keine Fassade und keinen
Körper. Architektur ist nicht Repräsentation, Wirkung nach außen,
Marmor und Pracht. Und was ist dann ein Rathaus? Es ist vor allem kein
„Haus", denn Haus ist Körper, ist Masse, ist Fassade, ist Repräsentation,
ist vor allem Distanz, zum nächsten Haus, zum nächsten Menschen, zu
seinem Tun und Treiben, seinem Denken und Fühlen, Distanz zum
Leben schlechthin. Rathaus aber ist Mitte der Stadt – Verdichtung
aller Beziehungen, von Ernstem und Heiterem, von Muse und Kunst,
von geschäftigem Treiben und süßem Nichtstun.

Der Mensch ist das Rathaus –
Die Verdichtung aller Bürger,
ihrer Interessen,
ihrer Gedanken,
ihrer Gefühle.
Er regiert,
verwaltet,
bespricht,
informiert,
bildet,
zerstreut,
sieht,
bewegt sich.

Ob eilig oder müßig. Da sind Treppen und Rampen. Er steigt hinauf
und hinunter. Geschützt oder unter freiem Himmel. Er sieht nach
oben oder unten. Er fühlt Räume, große und kleine, geborgen oder
weit. Er kann gehen oder sitzen, in Cafés, Bars, Restaurants. Er sieht
Kunst, Mode, schöne Mädchen. Er wagt ein Spiel, hört Musik. Alles ist
bunt, vielfältig, bewegt. Vielleicht eine Reise in den Süden, herrliche Bilder.
Bilder der Stadt, Ausstellung, Information, Menschen, der Ratssaal,
der Platz und Verkehr. Aber auch irgend wo ein Winkel, mit Grün und
Wasser – alte Leutchen, Rentner –, sie wollen nicht ausgeschlossen sein.
Denn – erst getreues Abbild der Vielfalt unserer Zeit, der Differenziert-
heit der Menschen und der Struktur unserer Gesellschaft macht ein
Raumgebilde zum Rathaus.

96 1949

Die Mitte des Kreises liegt auf dessen Umfang und dreht sich um
sich selbst. D.h.: Die Mitte des Kreises findet Ausdruck in den
umfangenden Erscheinungen. Und jede Erscheinung ist ein Kreisen
um sich selbst. Das heißt auch, jede Erscheinung hat eine Mitte,
um die sie kreist

95 1981

Alles Tun ist ein Glaubensbekenntnis. Tut man etwas,
ohne dass es ein Glaubensbekenntnis ist, ist es nicht wert,
getan zu werden.

97 1981

Der Mensch ist die Auferstehung der Materie.
Der Mensch ist die Sehnsucht nach dem Licht.

92 1982

Das Leben hat etwas Faszinierendes. Man sollte sich ganz dieser
Faszination hingeben. Manchmal überkommt mich der Gedanke,
dass unser Leben nur dazu dient, diese Faszination zu erkennen,
zu erleben und ihre Quelle zu verherrlichen.

93 1982

Glücksgefühl ist die Ahnung eines verlorenen Zustandes. Sehnsucht
nach Glück ist Sehnsucht nach Paradies, nach Urzustand, nach
Einheit mit dem All. Glück ist Eins-Sein mit der Schöpfung,
mit Gott, mit dem Geist, mit der Energie, mit dem Alles und
dem Nichts.

94 1982

Wo die Masse auftritt, unterliegt alles ihrem Gesetz. Straßen
verlieren ihre Eigenschaften, werden sie von der Masse befahren.
Menschen verlieren ihren Wert, sind sie in der Masse gefangen.
Will man sein eignes Leben finden, muss man Wege abseits der
Masse gehen.

123 1987

Du kannst nicht besser werden, als Du bist. Loslassen,
nicht kämpfen. Du bist göttlich, lasse zu!

124 1987

Gib Deine Liebe den Menschen, damit sie MEINE Liebe
erfahren. Denn alle Liebe ist MEINE Liebe.

125 1987

Wir können nicht mehr tun, als soviel Liebe und Frieden in uns
zuzulassen, dass die Schwingung auf andere übergeht.

122 1987

Ich werfe meine Netze ins Licht, – Netze, die ich webe.

126 1988

Gott spricht in der Stille, erfüllt unser Herz mit Liebe zu allen
Wesen dieser Welt. In der Stille spricht Gott.

181 1990

Gebet

*ICH BIN die allmächtige Kraft der Liebe,
die alle Grenzen überwindet
zwischen Menschen unterschiedlicher Rassen,
unterschiedlicher Nationen,
unterschiedlicher Religionen,
die alle Grenzen überwindet
zwischen den Geschlechtern,
zwischen arm und reich,
zwischen jung und alt.*

*ICH BIN die eine Kraft der Liebe,
die alle Schuld vergibt
all denen,
die Leid und Schmerz verursachten, –
die eine Kraft der Liebe,
die diesen Körper und alle
seine Handlungen
von Schuld und Angst befreit.*

*ICH BIN die Kraft der Erlösung
aus der Nacht der Begrenztheit
in das Licht MEINER grenzenlosen
Bewusstheit.*

*ICH BIN die Kraft der Einigung,
die alle MEINE Geschöpfe
zurückführt zu ihrem Ursprung.*

*ICH BIN nichts als Liebe,
die sich ausdrücken will in diesem Körper,
in diesem lebenden Wesen,
in der Stärke seines Herzens,
in der Kraft seines Geistes.*

*Diese MEINE allmächtige Kraft der Liebe
lebt als dieser Körper
in seiner ganzen Schönheit
in MEINER Welt
zu aller Wesen Freude und Heil!*

127 1988

In Dir selbst ist das Bild, das Du werden sollst. Bist Du es, kommt der Friede.

128 1988

Was uns nottut sind Augen, die das Göttliche sehen.

146 1989

Der Mensch ermüdet nicht durch Arbeit, sondern dadurch, dass er sich wehrt gegen Arbeit.

147 1989

Im Einverstanden-Sein, im Annehmen, Einklang, Einvernehmen liegt die größte Machtentfaltung des Menschen.

198 1990

DU bist nicht Materie,
DU bist derjenige, der diese Materie handhabt, anordnet, verteilt,
    strukturiert, zusammenführt und beisammenhält.
DU bist derjenige, der beschlossen hat, in Erscheinung zu treten,
    eine Rolle zu spielen in dieser Welt, sich selbst zu erkennen,
    Fähigkeiten zu entdecken.
DU bist derjenige, der einen Plan gemacht, wie er diese Absicht
    ausführen kann, welche Mittel er braucht, was zum Ziele führt,
    wie er vorgeht.
DU bist derjenige, der da ist, neu zu entdecken, was in DIR ist,
    was da ist und was nicht da ist, zu entdecken, was DU bist und
    doch nicht bist, DU, Erkennender Deiner selbst.

199 1990

Das Ganze ist überall und ist kleiner als die Teile des Ganzen.
Was ist also das Ganze?

200 1990

Du bist Licht,
Licht sieht die Schatten nicht.
Sei Licht und Du wirst die Menschen lieben und verstehen.

205 1990

ICH stehe nicht in einer Kette von Ursache und Wirkung.
ICH bin Ursache und Wirkung.
ICH kann keine Technik lernen, um blitzen zu können.
ICH bin Blitz und blitze.
ICH bin Heil und heile.
ICH bin Ursache und wirke.

206 1990

ICH bin nicht dieser Körper,
    nicht mein Verstand, meine Gefühle.
ICH werde nicht bestimmt vom Schicksal,
    von irgendeinem Gott,
    von irgendwelchen Systemen,
    von irgendwelchen Umständen.
ICH bin kein Opfer dieser Welt.
ICH bin der Schöpfer meiner Existenz.
ICH erschaffe meine Welt.
ICH alleine bin verantwortlich.

207 1990

ICH bin die ursächliche Kraft,
    die diesen Körper bildet und formt
    und auf diese Erde stellt,
damit ICH teilnehme am Spiel der Schöpfung
    und MEIN Reich in dieser Welt errichte.
ICH bin die lodernde Flamme,
    das zum Himmel aufstrebende Feuer,
    die zeugende, schöpfende Kraft.
ICH bin die Kraft des Verstandes
    und die Wonne der Lust,
    die Erfüllung aller Begierden,
    der Sinn aller Gedanken
    und der Inhalt aller Worte.

212 1991

Gebet   *Wir erheben unser Bewusstsein*
    zum Allerhöchsten,
    zum Unendlichen
und öffnen uns
    dem ewigen Geist der Liebe
    und des Lichtes,
damit der vollkommene Mensch
    in uns geboren werde.

Veni, Sancte Spiritus. –
Komm Heiliger Geist,
    Schöpfer aller Dinge,
    Mutter alles Lebendigen.
Gebäre Dein Licht in meinem Geist.
Gebäre Deinen Sohn in meiner Seele.
Gebäre die Liebe in mein Herz.

Vater unser

    Ich richte mich auf zu Dir.
    Ich erhebe mein Herz und meine Seele
    zu meinem Ursprung,
    zur Quelle meines Seins,
    zu Dir, dem Schöpfer aller Dinge.

Du bist im Himmel

    Du bist die unfassbare Welt des Lichtes.
    Du bist die grenzenlose Fülle und Gnade.
    Du bist die allesumspannende Kraft der Liebe.

geheiligt werde Dein Name

    Aus Deinem Namen ist alles entstanden.
    Dein Name ist die Mutter aller Dinge.
    Dein Name ist die Struktur des Universums,
    ist Ordnung, Gesetz und Heil.
    Dein Name ist uns heilig,
    heiligend und heilend,
    und schließt alle Wunden
    der verlorenen Ordnung.

zu uns komme Dein Reich

    Ich öffne mich ganz Deiner Gnadenfülle,
    Deiner Güte,
    Deiner unerschöpflichen Kraft.
    Licht und Liebe senke sich auf mich hernieder.

Dein Wille geschehe

    Ich ordne mich ein in Deinen Plan.
    Ich nehme das Leben an, –
    ich sage ja!
    Und ich will wachsen, wie Du es willst, –
    zum Licht.
    Und ich will Deine Werke tun,
    will Deine Schöpfung vollenden.

im Himmel wie auf Erden

    Alles bist Du, oben wie unten.
    Dein Licht durchdringt alles Irdische.
    Dein Licht versöhnt alle Gegensätze.
    Im Sohn bist Du Mensch geworden,
    Dein Licht,
    das in die Welt gekommen ist.

unser täglich Brot gib uns heute

> *Du gibst uns alles, was wir brauchen,*
> *zu jeder Zeit,*
> *an jedem Ort.*
> *Du bist das Brot des Himmels,*
> *das Brot des Lebens,*
> *Nahrung für Leib und Seele.*
> *Ich danke für alles, was Du mir gibst.*

vergib uns unsere Schuld, wie wir
vergeben unseren Schuldigern

> *Vergebung löst all meine Verstrickungen*
> *dieses begrenzten Lebens.*
> *Du hast mich alleine in die ganze*
> *Verantwortung gestellt.*
> *Alle Schuld verletzt Dein göttliches Wesen*
> *und die Würde,*
> *die Du mir gegeben hast.*

Führe uns in der Versuchung, und
erlöse uns von dem Übel

> *Ich nehme sie an, die Herausforderungen*
> *dieses irdischen Lebens, –*
> *das Lernen, das Verändern,*
> *das Wachsen,*
> *das Aufsteigen aus dem Dunkel ins Licht.*
> *Ich weiß, Du bist bei mir auf all meinen Wegen.*

Dein ist das Reich, die Kraft
und die Herrlichkeit

> *Alle Kraft in dieser Welt ist Deine Kraft,*
> *die Kraft der Liebe,*
> *die Kraft der Freude,*
> *die Kraft der Seligkeit.*
> *Und mich hast Du geschaffen,*
> *um all Deine Herrlichkeit in diese*
> *Welt zu tragen,*
> *um Dein Reich auf Erden zu errichten.*

von Ewigkeit zu Ewigkeit.

208 1990

Du bist der Wasserhahn Gottes.
Du musst nur aufdrehen.
Du bist der, der aufdreht,
Dein Ego dreht zu.

182 1991

Es ist die Liebe,
die gleichwertige Liebe,
 zu allen Menschen,
  allen Geschöpfen
  und allen Dingen dieser Welt,
die mich hinträgt zum Ziel der Schöpfung,
  zur Glückseligkeit,
  zu Harmonie und Frieden,
  zu all dem, was ich wahrhaftig bin.

183 1991

Gebet *Göttlicher Anfang,*
Deine Absicht, als Mensch in Erscheinung zu treten,
will ich in mir entfalten,
will ich erblühen und aufleuchten lassen, denn
ICH bin Dein Licht
und Deine Liebe
in dieser Welt.

184 1991

Mit dem Schrei nach Gleichheit,
   Freiheit,
   Brüderlichkeit
hat sich die Menschheit – ohne Liebe – von Unterdrückern befreit.
 Heute wollen wir es wagen, uns
  mit dem Schrei nach Liebe
  von unserem eigentlichen Unterdrücker zu befreien,
von der Unterdrückung durch uns selbst.
Ich, der ich nach Liebe hungere,
aber Liebe zurückweise.
Ich, der ich voll der Liebe des Einen bin,
aber sie verweigere.
Ich will mich befreien von der Unterdrückung durch mein Ego,
will erkennen
und die Verantwortung übernehmen
für meinen Rückzug und all seine Folgen.

148 1991

Zum Stein-Sein genügt es nicht, nur Stein zu sein, –
er muss sich erheben und aufrichten, ausrichten nach oben.

161 1992

Auch wenn Wege und Umwege letztendlich zur Erkenntnis
geführt haben, sind es nicht die Wege, sondern der befreiende Akt
der eigenen Willensentscheidung.

185 1991

Gebet *Lasst uns still werden und tief in unserem Inneren den Frieden, die*
Ruhe des Geistes, finden.
Allmächtiger, möge Dein Geist zu unseren lauschenden Seelen
sprechen,
möge Dein Feuer hell und kraftvoll in uns lodern.

186 1991

Mit dem Verstehen,
der liebenden Aktivität meines Herzens
wird alles Göttliche in mir wach, -
all die Eigenschaften
     der Milde
     der Güte
     der immerwährenden Gnade,
     des weiten Herzens und
     der offenen Arme,
die alle Wesen dieser Welt
liebend umhüllen.

158 1992

Gnade ist nicht die „Erlösung vom Leid",
sondern die „Freiheit der Wahl".

187 1992

Gebet *Göttliche Allmacht,*
Gib mir die Kraft und die Weisheit,
die Welt mit Deinen göttlichen Augen anzusehen,
alle Menschen und alle Dinge zu segnen
und einzuhüllen
in Deine Liebe.
Allmächtiger, universaler Geist,
gib mir die Weisheit und die Stärke,
Dein Licht in die Welt zu tragen.

160 1992

Emotionen sind wie Bewegungen der Oberfläche des Wassers – sie haben keine Macht über das Wasser. Sind sie zur Ruhe gekommen, sehen wir die Klarheit des Wassers bis auf den Grund und die Spiegelung des Himmels.

159 1992

Mensch-Sein ist Gott am anderen Ende der Schöpfung.

192 1992

Gebet   *Allmächtiger, ich danke dafür,*
     dass ich bewusst bin,
denn meine Bewusstheit
     macht mich frei,
     macht mich grenzenlos,
verbindet mich mit DIR
und DEINER ganzen Schöpfung.

188 1992

Gebet   *DU bist es,*
der durch mich in Erscheinung treten will.
DU willst DICH in mir verkörpern.
Ich gebe nach,
ich lasse los,
ich lasse DICH zur Welt kommen,
ich will DICH gebären,
auch unter Schmerzen.

227 1992

Gebet   *DU gibst alles, was wir brauchen.*
Alles, was wir brauchen, gibst DU uns.
Alles, was DU gibst, brauchen wir.
Alles ist täglich Brot.
Mancher braucht Leid und Krankheit.
Wir wollen „Dein Brot" annehmen.
Nur DU weißt, was wir brauchen.

230 1992

Der Samen für den Sturz ins Gott-Sein ist gelegt.

228 1992

Das eigentlich Göttliche ist nicht so sehr der göttliche Gedanke, sondern das göttliche Denken.

229 1992

Jetzt wird an alle Menschen der Erde der Maßstab angelegt, das Ur-
bild des Menschen, und sie werden „gerichtet", geordnet, wenn sie
es zulassen, und dann wird der Höchste in ihnen wohnen. Sie werden
das Kainsmal tragen, und nur diese werden bestehen.

162 1993

Seit allen Zeiten sind wir total mit dem Kosmos und dem Prozess
der Schöpfung verwoben. ICH bin kein Objekt innerhalb eines
differenzierten Universums, ICH BIN der Kosmos, ICH BIN der
Prozess.

83 1993   **Das Wort Gottes**

Am Anfang war das Wort, – und es war die Wahrheit, die Weisheit,
– es war Liebe, Glück und Frieden. Und das Wort Gottes wird seit
allen Zeit gesprochen, immerfort und überall. Und es wird für jeden
gesprochen, für die „Guten" und die „Bösen", für die Vollkommenen
und die Unvollkommenen, – ohne Unterscheidung, ohne Beurteilung.
Jeder kann das Wort Gottes vernehmen, der ganz still ist und der es
hören will.

Wenn ich zur Ruhe komme, innerlich und äußerlich. Wenn ich das
rastlose Umherirren in dieser Welt und die Suche nach irdischem
Glück einstelle. Wenn ich meinen Glauben an meine Unvollkommen-
heit, an das Leid und meine Krankhaftigkeit aufgebe. In dieser Stille
werde ich dann erfahren, dass ich bereits angekommen bin, dass alle
Suche vergebens war, dass ich am Ziel bin.

Nicht die „Lebensregeln", nicht die „Techniken", nicht die
„Therapien" führen mich zum Ziel. Allein die Bewusstheit des bereits
Angekommen-Seins segnet und heilt mich jederzeit. Weder
meine spirituellen Anstrengungen noch meine weltliche Glück-Suche
befreien mich aus der Begrenztheit. Nur das unbeirrbare Festhalten
an der Wirklichkeit Gottes, die bedingungslose Hingabe an die
göttliche Vollkommenheit in mir erlösen mich aus den leidvollen
Erfahrungen des Lebens. Habe ich das Wort Gottes vernommen,
begegne ich der Welt mit einem alles verstehenden, alles verzeihenden
und liebenden Herzen.

Solange ich mich mit meinen vermeintlichen Lebensproblemen
beschäftige, erfahre ich mich als getrennt, allein, leidend, unverstan-
den, bedürftig, unglücklich. Schenke ich meine Aufmerksamkeit der
Unendlichkeit und dem Wunder der wertfreien, selbstlosen Liebe, so
erfahre ich mich als unbegrenzt, mit allem verbunden, alles verstehend,
zeitlos im Herzen Gottes ruhend.

Jede Beschäftigung mit dem Ich, mit der eigenen Existenz, mit den Problemen und dem Leid in jeglicher Form ist ein Prozess des Trennens und Abgrenzens. Und in meiner rastlosen Suche nach Erlösung vom Leid und nach Vollkommenheit bestätige ich mein Getrenntsein und schaffe immer neues Leid.

Jede Hinwendung unserer Lebensaktivitäten auf die Unbegrenztheit, auf die Ewigkeit, auf die Transzendenz, d.h. auf Gott, ist die einzig mögliche Form der Erlösung vom Leid. Erst wenn mein rastloses Suchen nach Erlösung und Befreiung vom Leid – welcher Art auch immer – zur Ruhe gekommen ist, in der Stille meines Herzens werde ich das Wort Gottes vernehmen, das schon am Anfang war und immer sein wird, – und das Wort ist Liebe, Glück und Frieden.

164 1993   Gott lässt sich nicht kaufen durch Anstrengungen irgendwelcher Art. Du Mensch bist Gott, also sei es. Du bist Liebe, also sei es.

163 1993   Der Mensch ist das Ziel, Gottes Erscheinen in der Welt.

190 1993   ***Gebet***   *Göttliche Allmacht,*
DU Ursprung aller Dinge
und Quelle allen Lebens.
Wir wollen DICH befreien
von den Fesseln, die wir DIR angelegt,
von dem Gefängnis, in dem wir DICH verbergen.
Wir wollen DICH, unendliche Liebe,
auferstehen lassen in unserem Herzen.

189 1993   ***Gebet***   *Ich erhebe mein Bewusstsein zum Allerhöchsten,*
zum Unendlichen
und öffne mich dem ewigen Geist der Liebe und des Lichtes,
damit der vollkommene Mensch in mir auferstehe.

166 1995   Das Wort ist Wirkung, das Wort schafft die Erscheinungen. Das Wort ist Gott, das ewig Schaffende und Zeugende.

195 1994   **Gebet**   DU Quelle allen Seins,
DEINE Stärke
DEINE Liebe
DEINEN Willen
will ich in mir zulassen.
DU hast mich in diese Welt geboren,
um DEINE Schöpfung fortzusetzen
und die Seelen von ihrer Gebundenheit zu befreien,
damit sie wachsen zum Licht.

197 1993   **Gebet**   ICH erhebe meinen Geist aus der Begrenzung
meines körperlichen Daseins
hinauf in die reine, klare Sphäre, wo ICH nur noch
meine ewige Existenz,
meine grenzenlose Ausdehnung,
die Verbundenheit mit der ganzen Welt erfahre,
und mich nur noch
Glück, Liebe und Frieden erfüllen.

213 1994   **Gebet**   Ich will still sein
und auf die Wahrheit hören,
sie wird all meine Fehler korrigieren,
sie wird all meine Krankheiten heilen,
sie wird mich von allen Illusionen befreien,
sie wird all meine Irrtümer auflösen.
Ich will still sein
und Gott in mir zulassen.

194 1994   **Gebet**   DU, Quelle allen Seins, ich danke dafür,
dass ich teilhabe an der Wahrheit,
an dem nie versiegenden Strom des Lebens,
dass ich DEIN Licht und DEINE Liebe
in dieser, DEINER Welt sein darf.

191 1993   **Gebet**   ICH danke DIR dafür,
dass ICH lieben kann,
dass ICH mich erfahre in der Liebe,
dass ICH DICH erkenne in meiner Liebe,
denn all meine Liebe,
das bist DU.

193 1993

Die Liebe ist die Essenz des Lebens,
sie lässt mich meinen Groll vergessen,
sie überwindet meine Angst,
sie gibt mir die Kraft zu vergeben,
sie allein ist meine Erlösung.
In der Liebe finde ich mich, so wie ich bin.

173 1996

Nur Liebe heilt. Am Anfang ist alles einfach.
Alle Anfänge sind einfach.
Die Wahrheit ist einfach.
Die Liebe ist einfach.
Gott ist einfach.
Alles Vollkommene ist einfach.
Das Heil ist einfach.
Am Ende ist alles vielfach.
Am Ende ist alles unheil.
Alles Vielfache ist am Ende.
Wahrheit ist einfach – Wahrheit heilt.
Liebe ist einfach – Liebe heilt.
Das Einfache heilt.

Leben ist immer nur jetzt.
Liebe ist jetzt.
Bewusstsein ist jetzt.
Gott ist – immer nur jetzt.
Das Gestrige ist Tod.
Das Gestrige ist   Erlerntes.
Erfahrenes
Erarbeitetes.
Das Gestrige sind Dinge
Formen
Techniken
Unterscheidungen.

Liebe von gestern?
Liebe von morgen?
Liebe ist immer nur jetzt.
Das Jetzt ist leer.
Liebe braucht Leere.
Im Jetzt ist nichts –
nur Liebe, Leben, Gott.

Der Himmel ist weit.
Das Meer ist weit.
Das Bewusstsein ist weit.
    Eng sind die Täler.
    Eng sind die Grenzen.
    Eng sind die Unterscheidungen
        die Definitionen
        die Besonderheiten.
    Eng sind die Gefängnisse.
    Eng ist die Angst.
    Der Atem ist eng oder weit.
    Die Herzen sind eng oder weit.
Die Liebe ist immer weit.
Die Weite ist Liebe –
    grenzenlos, grenzüberfliegend.

Liebe ist alles.
Liebe ist Ganz-Sein.
Heilen ist Ganz-Werden.
    Krankheit ist Begrenzung.
    Begrenzung ist jede Unterscheidung,
        jede Besonderheit,
        jede Technik.
    Jede Begrenzung ist Krankheit.
Heilen heißt Grenzen überschreiten,
ganz sein, einfach sein.
Nur Liebe überwindet die Grenzen.
Nur Liebe heilt.

        Was ist Gott?
        Die universale Energie.
        Die Quelle, der Ursprung.
        Anfang und Ende.
        Alles und Nichts.
        Die Urkräfte.
        Gnade, Liebe, Bewusstsein?

Wie heißt Gott?
Vater – Mutter.
Brahman, Tao, Jahwe.
Allah, Manitu.
Der Schöpfer.
Der Anfanglose.
Das Licht, die Liebe?

168 1995

Am Anfang war der Mensch SEINE Liebe und nichts als SEINE
Liebe, und am Ende wird der Mensch wieder nichts als SEINE
Liebe sein, in physischer Gestalt auf dieser Erde.

196 1994

Gebet *DU Schöpfer aller Dinge,*
lass mich wachsen
aus meiner Enge
meiner Begrenztheit
meiner Erdgebundenheit.
In meinem Herzen
habe ich eine tiefe Sehnsucht
das zu werden,
was ich in Wahrheit bin.

166a 1995

Du Mensch bist mehr noch als Götter und Engel
ein Wanderer durch alle Sphären und alle Welten.

167 1995

Und ER wird Bewohner sein, ER wird einziehen in Dein Haus.
Du bist SEINER würdig. Und ER wird kommen in SEINER ganzen
Kraft und Herrlichkeit. Und dem Haus wird nichts mangeln, denn
ER will es leben, dieses Leben in dieser Welt.

165 1995

Der vollkommene Zustand Gottes ist nichts anderes als
allumfassende Liebe – die Grundsubstanz der ganzen Schöpfung.

171 1995

DU Mensch bist SEIN Vollender.

169 1995

Niemand kann sich zu Gott machen.
Mit nichts kann man seine Göttlichkeit erkaufen.
Der Mensch kann nur eins,
sich hingeben,
sich überlassen,
die Hände öffnen
und loslassen.

172 1996

Der alte Mensch muss sterben, damit ein neuer geboren werde.
Gott muss sterben, damit ER in einem neuen Licht erstehen kann.
Der Tod geht der Auferstehung voraus.

174 1996

Der Mensch ist Gott von Anfang an.
Er muss nicht erst Gott werden.
Er ist in die Materie abgestiegen als Gott
und kann es bleiben bis zum Ende der Tage.

175 1996

Alle Menschen tragen das Ebenbild in sich.
Liebe Dich selbst und Du liebst das Bild.
Liebst Du das Bild, liebst Du den Anfang, –
und Anfang bist Du.

218 1997

Schreiten wir mutig voran in unbekanntes Land,
von Sehnsucht getrieben, träumend und beflügelt
mit Visionen einer neuen Welt.

100 1997   **Das kleine Auge**

Die große Mutter, die die Welt und alles geschaffen hat, machte ganz am Anfang ein Auge. Nichts gab es in der Welt, nur dieses eine Auge. Ja, sie machte sich selbst zu diesem Auge. Sie war plötzlich selbst das Auge. Und so war am Anfang nur dieses eine Auge.

Das Auge schaute hinaus in die Weite, und da war nichts. Alles war leer – weite, gähnende Leere. Das Auge aber schaute und schaute und schaute. Und wie es so schaute, entstand vor dem Auge ihr eigenes Bild. Das unentwegte Schauen in die Leere schuf dieses Bild. Vor ihrem Auge entstand ein Wesen, eine Gestalt, – „Mensch" nannte sie es. Das Auge hatte es geschaffen. Das Schauen hatte es erschaut. Das schauende Auge hatte erschaffen, das Auge, das am Anfang war, das Anfangs-Auge, das noch leere Auge. Die Schau erschafft.

Und so schuf das schauende Auge noch viele Wesen, viele Götter und viele Engel. Die Augen-Blicke erschufen die Sterne und die Sonnen am Himmel. Die Augen-Blicke erschufen die Pflanzen, die Tiere und die Menschen. Das Auge erblickte sich alle Dinge. Mit Augen-Blicken erschuf die große Mutter die ganze Welt. Die Blicke des göttlichen Auges machten alles. Sie erschauten auch den Lauf aller Dinge. Sie schufen Leben und Tod. Sie machten Anfang und Ende. Alles, was ist, erblickte das Auge. Ihr Schaffen ist ihr Augen-Blick. Sie schafft mit Augen-Blicken. Im Augen-Blick liegt ihr Schaffen. Im Augen-Blick ist ihre Wahrheit.

Und es geschah, dass die Mutter des Anfangs auch den Göttern und
Engeln ihre Augen gab. Auch den Tieren und Pflanzen gab sie Augen,
auch den Sternen und auch den Menschen. Und es waren alles ihre
Augen. Und all die vielen Augen erblickten ihre Welt. Sie selbst erblickte
mit ihren vielen Augen die Welt und alles, was es geben sollte. Die
Augen-Blicke erschaffen die Welt in jedem Augenblick.

Viele kleine Augen schuf die Himmelsmutter. Und alle die vielen kleinen
Augen, das war sie immer selbst. Und alle Augen, all die vielen kleinen,
sie erblickten ständig die Welt. Sie lässt die Menschen und Wesen die
Welt sehen, wie sie selbst sie sieht, mit schaffenden Augen, mit schöp-
fenden Augen, mit ihrem noch leeren Anfangs-Auge.

Das Auge erblickt die Welt immer neu – mit Liebe und Phantasie. Das
Auge findet die Worte, Worte, die die Welt sind. Worte sind Schöpfung.
Worte sind Poesie. Poesie ist die Kunst des Sehens. Das Auge findet
Schöpfung. Das Auge entdeckt die Wunder der Welt. Poesie ist Schöpfung.
Poesie kennt Emotionen nicht. Das Auge sieht die Welt, wie sie ist.
Das Auge allein findet die Worte – Poesie – Sprache des Anfangs.

169a 1995

Es ist nicht Gott, der die Menschen zu Sklaven macht, zu Kranken
und Leidenden, zu grausamen Tieren, zu Bedürftigen und hoffnungs-
losen Selbstmördern. Gott macht die Menschen zu Göttern.

170 1995

Das Leben als Gott gewollte,
von Gott geliebte,
von Gott belebte,
zu Gott führende
Existenz zu erfahren, ist Heilung.
Leben heißt, die Menschen,
die Natur und
die Dinge
zu Gott und zur Liebe zurückzuführen.

219 1997

Ist die Be-Geist-erung
das Geheimnis der Schöpfung überhaupt?

217 1997

Der Filz unserer Eigenwelt ist gewoben aus dem Wechsel von
Bedürftigkeit und Befriedigung.

220 1997

Zeit ist es, Abschied zu nehmen
　　　von Vergangenheit
　　　von Menschen
　　　von Gewohnheiten, Bequemlichkeiten
　　　von alten Werten und Sicherheiten.
Wagen wir die Wege der Sehnsucht und Vision
Beginnen wir die Reise in unser eigenes Herz.

So werden wir Kreise ziehen, wie die
Falken um den alten Turm,
der Geborgenheit ist, wenn wir müde sind,
der Schutz und Schirm ist vor Gefahren,
uns rüstet für einen neuen Flug.
Immer wieder werden wir die Kreise
　　　in die Unendlichkeit schreiben, –
wir, die Falken, durch Wind und Wolken,
　　　der Sonne entgegen.

101 1997　　**Eine Hängematte**　Eines Sonntags, der Gottesdienst hatte bereits begonnen, betrat ein Mensch den Kirchenraum. Vielleicht war es ein Fremder, der zufällig die Kirche besuchen wollte. Er schaute sich ein wenig um, wie ein Tourist, der voll Ehrfurcht die heilige Stätte besichtigen wollte. Da begann er, etwas auszupacken und vorsichtig auszurollen und mit einigen Handgriffen an zwei Kirchenpfeiler anzubinden – eine Hängematte. Unbekümmert legte er sich hinein und begann, ruhig und andächtig zu schaukeln. Mit geschlossenen Augen folgte er dem Gottesdienst, murmelte Gebete und sang, soweit er konnte, die geistlichen Lieder. Am Ende der Gottesfeier packte er alles wieder ein und ging seines Weges.

Die Gläubigen waren sehr überrascht. Einige fragten den Priester, was das wohl bedeute. Ja, wahrscheinlich ein Mensch aus einer anderen Ecke der Welt. Vielleicht aus der Südsee. Vielleicht sind die Menschen dort auf diese Weise bei ihrem Gott. Seien wir voller Liebe und erkennen seine Gottesfürchtigkeit.

Ein anderer der Gläubigen aber fragte den Geistlichen, warum er dem Fremden nicht bedeutet habe, dass diese Art und Weise hierzulande unbekannt sei und störend wirke, da sich mit Hängematten doch andere Lebensumstände verbänden. Der Pfarrer beruhigte ihn, es sei doch wohl ein Fremder. Wir sollten seine Gewohnheiten respektieren. Wichtig sei doch nur, dass es ein gläubiger Mensch sei, der bei Gott sein wollte.

Dies hörte ein Dritter. Wenn das so sei, begann er behutsam zu fragen, dann könne er doch sicher seinen bequemen Klappstuhl benutzen. Eine Kriegsverletzung mache es ihm so schwer, auf den Holzbänken zu sitzen. Der Pfarrer kam etwas in Verlegenheit. Er sah das Leid des Menschen und meinte: „Na ja denn, besser im Klappstuhl, als gar nicht im Gottesdienst."

Und so kam es denn, dass er am nächsten Sonntag seinen Klappstuhl ganz vorne aufstellte und in aller Bequemlichkeit dem Gottesdienst folgte. Und bald war es auch ein Zweiter, sich auf die Worte des Pfarrers berufend. Und ein Weiterer brachte bald einen Liegestuhl mit. „Was denen zusteht, kann mir nur recht sein", im Stillen argumentierend. Und ein anderer schritt plötzlich im Kirchenraum umher, sehr andächtig und gemessen zwar, jedoch begrüßten viele die neuentdeckte Beweglichkeit. Das lange Stillsitzen war doch sehr beschwerlich. Sie folgten dem Beispiel und nutzten verschiedene Bewegungsmöglichkeiten und -richtungen während des Gottesdienstes, was ein sehr lebendiges Bild ergab. Ja, Leben und Bewegung muss in die Gottesfeier.

Bald musste der Pfarrer die starren Bänke ausräumen, weil sie keiner mehr benutzte. Und vor den Augen Gottes entfaltete sich ein reges Treiben. Kinder mit Dreirädern bahnten sich ihre Wege. Die ganz Kleinen plantschten in Plastikwännchen. Alte Mütterchen strickten Halleluja-singend und Hausfrauen schälten schon mal mit Ave Maria in der Kehle die Kartoffeln fürs Mittagessen. Manche kamen in Strandkleidern mit Bastkörben fürs anschließende Picknick. Alles war sehr fröhlich und lebensbejahend. Wer hätte das gedacht – diese eine Hängematte.

176 1996

Es gibt keine „Krankheit", es gibt nur Unordnung. Es gibt kein „Heilen", es gibt nur Wiederherstellen der Ordnung, Zurückkehren in die Ordnung, in die Liebe, in die Macht des Anfangs.

102 1997

Der Besuch Eines Abends klopft es an der Tür einer Wohnung. Der Bewohner öffnet. Vor der Tür steht eine junge Frau, sehr einfach gekleidet. Sie suche eine Unterkunft, sagt sie, für eine gewisse Zeit. „Eine Unterkunft?", sagt der Mensch. Hier gäbe es keine Unterkunft, das sei eine Wohnung und die bewohne er, der Mensch. Wer sie denn sei, fragt er. Sie sei eine Königin in einem fernen Reich, und sie wolle jetzt die Menschen in diesem Land besuchen. Sie suche jemanden, der sie in seine Wohnung aufnimmt. „Ach du lieber Himmel", sagt der Mensch. Eine Königin? Keinen Ausweis? Keine Papiere? Kein Empfehlungsschreiben? Oder amtliche Einweisung? Das kann doch jeder sagen. Nein, hier sei nichts zu machen.

Die junge Frau geht weiter. Wieder klopft sie an eine Tür. Ein Mensch öffnet und fragt nach ihrem Begehren. Eine Unterkunft suche sie, eine Bleibe für eine Weile. Nun, sie sei ja ganz sympathisch, sagt der Mensch. Er habe ein Herz für Hilfesuchende. Ein Lager könne er ihr schon bereiten für ein paar Tage. „Danke", sagt die junge Frau, sie suche schon mehr als nur Barmherzigkeit.

Und abermals klopft es an eine Tür. Und wieder öffnet ein Mensch. Und wieder die gleichen Worte. „Eine Königin?", denkt der Mensch. Na ja, vielleicht stimmt es. Man könnte es versuchen. Ein Zimmer habe er da, das nicht benutzt wird. Das könne er für sie einrichten. Hier könne sie wohnen, sagt der Mensch, ganz zufrieden mit sich selbst. Das fände sie aber nicht so gut. Sie brauche kein eigenes Zimmer. Sie suche den Menschen, mit dem sie zusammenleben könne. Der Mensch beginnt zu denken, erwägt Vorteile und Nachteile und sagt letztendlich, dass seine Wohnung doch nicht so geeignet sei. Die junge Frau geht weiter.

Wieder klopft sie an eine Tür. Ein Mensch öffnet. Sie stellt sich vor, erläutert ihre Absicht und sagt schon gleich, dass sie weder Nachtlager noch Zimmer suche. Die Wohnung und alles darin möchte sie mit dem Menschen teilen. „Oh weh", sagt der Mensch, „das ist aber viel – die Gewöhnung, die Umstellung." Er habe so seine Eigenheiten, seine kleinen Vorlieben. Wenn er so eine Ecke allein für sich behalten könne, das würde alles erleichtern. „Oh nein", sagt die junge Frau, „alles wollen wir teilen." Und sie geht weiter, schon sehr traurig.

Zu dieser Zeit backt ein Mensch gerade Pfannkuchen mit Äpfeln. Der Zimt steht schon bereit. Da klopft es. Der Mensch geht zur Tür und öffnet. Da steht die junge Frau mit ihrem Anliegen, eintreten zu dürfen. Der Mensch sieht das Leuchten in ihren Augen und sagt: „Tritt ein, auf dich habe ich gewartet. Komm, wir haben Pfannkuchen mit Äpfeln und Zimt." In diesem Augenblick geschieht etwas Wunderbares. Die junge Frau wandelt sich in ein großes Licht. Wie ein Mantel legt sich das Licht um den Menschen. Und dann ist alles, als sei nichts gewesen. „Du lieber Himmel, meine Pfannkuchen!" Der Mensch rennt in die Küche, Schlimmes ahnend, aber alles ist, wie es war. Nur die Pfannkuchen schmecken ganz anders.

103 1997   **Die Suche**   Am Anfang schuf Gott den Menschen, die Urmutter machte sich ein Bild vom Menschen. Es war ihr erster und schönster Traum, der Mensch in seiner ganzen Vollkommenheit. Die Engel, ihre Arbeiter, formten dann den Menschen aus Erde. Sie gaben ihm Leben und Atem. Sie machten alles so, dass er sich bewegen und ernähren konnte. Und so begann er seinen Weg durch diese Welt.

Eines Tages bemerkte der Mensch, dass ihm etwas fehlt. Die Liebe fehlte ihm. Und so ging der Mensch zur Mutter und fragte, wo denn die Liebe sei. „Auf der Erde", sagte sie, „auf der Erde findest Du die Liebe."

Der Mensch ging auf die Erde zurück und suchte nach der Liebe. Überall suchte der Mensch. Nichts ließ er aus. Er suchte an allen Orten und in allen Dingen. Er suchte und suchte, aber er konnte nichts finden.

Abermals ging der Mensch zur Mutter und sagte: „Nirgendwo auf der Erde kann ich die Liebe finden. Wo ist denn nun die Liebe? Wo soll ich sie suchen? Ich kann sie nicht finden." „Dann such' doch mal beim Menschen", sagte sie. „Ganz sicher findest Du die Liebe beim Menschen."

Der Mensch ging wieder auf die Erde zurück und begann, die Liebe im Menschen zu suchen. Und er suchte bei diesem und bei jenem. Er suchte hier und dort. Bei keinem fand er Liebe. Ja, die Menschen alle suchten. Alle suchten die Liebe, wie er erstaunt feststellte.

Der Mensch ging nochmals zur Mutter. „Ich kann die Liebe nicht finden. Alle Menschen suchen die Liebe", sagte er. „Alle suchen sie und keiner findet sie." Nirgendwo sei die Liebe zu finden. Die Mutter war sehr erstaunt. Sie wusste doch ganz genau, dass sie dem Menschen schon am Anfang Liebe beigegeben hatte. Sie schaute nach und, siehe da, sie hat die Liebe sofort gefunden. „Du trägst sie doch bei Dir. Wieso kannst Du sie nicht finden?"

Der Mensch schaute die Mutter mit großen Augen an. Bei mir? Liebe? ... Ich liebe? ... Ich LIEBE! ... ICH liebe!!!

178 1997   **R**eligion ist das sichere Wissen um den Anfang, um die Kontinuität menschlichen Lebens seit Anbeginn. Religion gibt den Sinn und Wert des Daseins zurück.

104 1997   **Der Wassertropfen**   Ein Wassertropfen erblickt das Licht der Welt – nach einer langen Reise durch das Dunkel der Erde. Eine Quelle hält ihn schützend geborgen. „Ich bin angekommen", sagt er voller Freude und Erleichterung. Aber da waren noch andere Wassertropfen, die meinten: „Es geht erst los. Die Reise beginnt." Und so nahmen sie ihn mit in den schnellen Lauf eines Rinnsals.

Der Wassertropfen kam gar nicht zum Nachdenken. Schon war er in einem kleinen Bächlein, voller Felsen und Steine, und alle Wassertropfen sprangen und tanzten; es war ein gar lustiges Treiben. „Ja, hier ist es schön, hier will ich bleiben." Und er gab sich dem Gedanken hin, dass er am Ziel angekommen sei. „Das ist ein Leben voller Freude."

Andere Wassertropfen aber sagten: „Komm' mit, etwas anderes wartet auf dich, etwas Schöneres noch." Und es wurde plötzlich sehr still. Er sah sich in einem Bach, der sich gemächlich durch Wiesen schlängelte. Er sah die Blumen und Büsche am Uferrand. Die Vögel sangen. Alles war so friedlich. „Hier will ich bleiben." Er ließ sich ans Ufer treiben, hielt sich an Wurzeln fest und stellte erleichtert fest: „Jetzt bin ich angekommen. Dieser Friede ist das Ziel."

Er hatte es kaum gedacht, fingen ihn andere Wassertropfen wieder ein. „Komm' nur mit. Wir zeigen dir noch etwas viel Größeres. Du wirst staunen." Und bald kamen sie an einen großen Fluss. Noch viele andere Bäche mit vielen Wassertropfen trafen sich. Sie begrüßten sich und freuten sich, dass sie alle beisammen waren. Voller Stolz zogen sie an Städten vorbei mit hohen Türmen, durch weite Bogen, die die Ufer verbanden. Ja, es war erhebend, und eine Ahnung befiel den Wassertropfen, dass es etwas Großes gibt an diesem Fluss, dessentwillen man bleiben sollte. „Hier habe ich wohl das Ziel erreicht."

Aber es gab kein Halten. Wieder fanden sich Wassertropfen, die sagten: „Wir zeigen dir noch etwas viel Mächtigeres. Folge nur unserem Lauf." So kamen sie eines Tages an einen breiten Strom, der sich gewaltig und mächtig dahinwälzte. Nichts konnte ihn aufhalten. Der Wassertropfen begann zu träumen von dieser großen Macht, die – wie man sagt – das Ziel der langen Reise sei. Vielleicht ein König der Wassertropfen? Vielleicht gibt es den großen Meister aller Wassertropfen? Wo geht die Reise wohl hin? Am Ufer sah er gewaltige Bauwerke, Fabriken. Riesige Schornsteine ragten in den Himmel. Maschinen erzeugten ohrenbetäubenden Lärm. „Soll es das sein, was ihr mir zeigen wolltet? Ist es unser Ziel?" „Komm' mit", sagten die Wassertropfen, „wir zeigen dir das Ziel unserer Reise."

Und so mündete denn der mächtige Strom in die Weite des Meeres. Dem Wassertropfen wurde ganz angst und bange. Weit und breit nichts mehr zu sehen. Nichts, wo man verweilen und sich festhalten konnte. Er sah nur die Sonne am Himmel. „Das könnte der große Meister sein." Und der Wassertropfen begann, sich nach der Sonne zu sehnen. Und er sehnte sich so sehr, dass er plötzlich ganz leicht wurde und aufzusteigen begann, der Sonne entgegen. Aber es wurde kälter und immer kälter, und er fand sich plötzlich im Nebel einer weißen Wolke, wurde ganz schwer und fiel zur Erde zurück.

Mit vielen anderen Wassertropfen regnete er auf eine breite Straße, fiel in ein dunkles Loch und eilte schließlich durch finstere Kanäle dahin, bis er sich in dem großen Fluss wiederfand. Noch atemlos von diesem Abenteuer, beruhigte er sich jedoch: „Ich bin wenigstens wieder auf dem Weg. Ich werde das Ziel schon finden." Kaum hatte er so gedacht, wurde er von etwas Unbekanntem angesaugt, durch Maschinen gejagt und in dunkle Rohre geschickt, die sich unter der ganzen Stadt verzweigten. Andere Wassertropfen wollten ihn trösten und sagten: „Wir dienen dem Menschen." „Vielleicht ist dies das Ziel aller Wassertropfen, der Sinn meines Lebens." Und schon landete er in einer Badewanne, ein Mensch bestieg das Wasser. Er benetzte die Haut, berührte den Körper und sah die Schönheit des Menschen. Er geriet in einen Taumel des Glücks. „Das Glück ist der Meister, ich bin ganz nahe, jetzt weiß ich alles."

Aber das Glück ging schnell zu Ende. Ein Strudel zieht den Wassertropfen zurück in Rohre, und er landet in einer Kläranlage, voller Schmutz und Gestank. Er sieht sich am Ende. Das ist die tiefste Erniedrigung seines Lebens, dieses Lebens voller Sehnsucht und immerwährender Hoffnung.

Und fast unbemerkt ist er wieder im großen Fluss. Er überlässt sich willenlos dem Strom. Ein Ziel will er nicht mehr sehen. Er kommt wieder an im großen, weiten Meer. Und er sieht die vielen anderen Wassertropfen. Sie bewegen sich alle. Und alle sehr gleichmäßig. Und er fragt sich, wer wohl diese Bewegung macht. Er sieht diese unendliche Weite und das nicht endenwollende Wogen. Und plötzlich begreift der Wassertropfen, wer der große Meister ist. Er erkennt, dass er zu allen Zeiten und überall, wo auch immer, in dem großen Meister war – im Berg und in der Quelle, in Bächen und Flüssen, in Rohren und Kanälen, in der Badewanne und im Meer, als Wolke oder Regen. Er erkennt, dass er, der Wassertropfen, den großen Meister nie verlassen hat. Er selbst war der große Meister, wie alle die anderen Wassertropfen auch.

177 1997

In einer neuen Welt wird alles wieder eins werden. Götter und Menschen werden eine Welt bilden. Alles Getrennte wird wieder verbunden. Die Vielheit wird zur Einheit werden.

105 1999   **Der müde Gaul**   Die Geschichte von einem Pferd, das meint, eine Kuh zu sein.
Am Wegesrand sitzt ein Affe. Ein Pferd kommt des Weges ... tap-tap ... tap-tap ... tap-tap ... tap-tap. „Ziemlich müder Gaul", denkt der Affe und ruft: „Hallo, wie geht es dir?" – „Muh, muh, muhuh, muhuh." – „Warum sagst du muhuh? Du bist doch ein Pferd!" – „Muh, ein Pferd, sagst du?

Muhuh, wenn du meinst. Muhuh, ein Pferd!" – „Sag doch nicht immer
muh, ein Pferd sagt iaaa! Sag doch mal iaa!" – „Muh, iaa soll ich sagen?
Aha! Muh. Na ja, wenn du meinst. Dann sag ich halt iiiaah", spricht das
Pferd mit müden Augen. – „Und guck nicht immer so trübsinnig. Pferde
haben Feuer in den Augen. Feuer, sage ich!" – „So, so, Feuer, meinst du,
sollte ich in den Augen haben, muh-uh, ja-ja", sagt das Pferd und schaut
nachdenklich zu Boden. „Und lass den Kopf nicht immer so hängen",
spricht der Affe, „ein Pferd ist stolz und geht mit erhobenem Haupt und
feurigen Augen durch die Welt! Du bist ein Pferd und sei keine Kuh!"
– „Wenn du meinst." Trab-tab-tab, trab-tab-tab, galoppiert das Pferd
davon. „Ein Pferd also bin ich", überlegt es. Tap-tap ... tap-tap. „Mit erhobenem Haupt." Nachdenklich senkt sich der Kopf. „Und feurige Augen
soll ich haben", versucht das Pferd sein Inneres zu verstehen. Unbemerkt
schließen sich die Augenlider. „Und ich weiß jetzt, ia soll ich sagen, immer und überall. Das ist es wohl. Jetzt weiß ich es. Muh, muuh ... muhuh,
muhuh." Der Affe schaut dem Pferd nach und wiegt sich leicht erregt in
seinen Hüften. „War wohl doch kein Pferd."

179 1998

Welten sind Traumwelten.
Götter und Menschen erträumen Welten.
Götter und Menschen erschaffen mit Träumen.
Träumen ist Gott-Sein.
Mensch-Sein ist träumen.
Gottes Welten sind Träume.
Gottes Träume sind Welten.
Der Menschen Träume sind Gottes Träume.

224 1999

Liebe den Geist besehnt.
Geist die Liebe besehnt.
Geist ohne Liebe verödet.
Liebe ohne Geist entartet.

143 2002

Komm' zu mir MENSCH.
Sei mir ganz nahe.
Schau' mir in die Augen.
ICH habe DICH nach meinem Bild geschaffen.
ICH will mich in DIR erkennen.

221 2000

Wir könnten doch singen und lachen,
wir könnten tanzen und uns bewegen,
wir könnten trinken und schmausen,
    wie die Götter das lieben.
Sind Worte
    Getränke, die uns betören,
    Speisen, die uns nähren?
Oder vermögen uns Worte
    der Lethargie zu entreißen,
    zum Tanz zu bewegen,
    Freude zu entfachen?
Und uns im glückseligen Taumel mit
    den Unsichtbaren der Welt im
    Reigen zu verbinden?
Und wenn wir nur für Sekunden dieses Bewusstsein
erhaschen sollten, Teil eines Ganzen zu sein.

67 2004

Der freie Raum gehört der Sehnsucht der Menschen.
Der freie Raum ist Gottes Gegenwart und bergende Liebe.

222 2000

Lasst uns Mauern einreißen, Mauern zwischen Menschen, damit
sie sich die Hände reichen und durch Wohlverhalten, Frieden und
Eintracht Gemeinschaft bilden.

Mauern zwischen Mann und Frau, damit sie beide Mensch
sein können, – Mauern, in die sich Männer verschließen,
den Frauen den „Kirchgang" überlassen und die Verantwortung für die Kinder, den neuen Menschen und die neue Welt,
– Mauern, in denen sie in ihrer männlichen Erhabenheit ver-
trocknen, verdursten und erstarren, weil sie meinen, das
Brot Gottes nicht essen zu müssen.

Mauern zwischen Himmel und Erde, zwischen Menschen und den
Wesen, – Mauern, die Menschen errichtet haben, um nicht berührt
zu werden von der göttlichen Wirklichkeit, von dem Licht der
Wahrheit, das sie blenden könnte.

Mauern, die sie schützen vor dem Unbegreiflichen, vor der
Macht, die alles Irdische in Frage zu stellen scheint, vor dem
Risiko, dem Wagnis, Unbekanntem Vertrauen schenken zu
sollen.

Reißen wir die Mauern ein, damit der Mensch in Dir, Deinen Kindern und Schülern auferstehen kann, der Mensch, der der Anfang
ist, – die Mauer zwischen dem Schöpfer-Geist und unserem erdge-
wohnten Geist, diesem Geist der Trägheit, des dumpfen Dahinve-
getierens, der Interesselosigkeit, diesem morbiden, einem absoluten
Ende entgegensiechenden Geist der zunehmenden Ermattung und
Entkräftung, damit die Einheit des Geistes hergestellt und die Be-
geisterung in unsere müden Köpfe einziehen möge.

225 2001

Heiler sein heißt Mutter sein.
Menschen alle können Mutter sein.
Nichts bei sich behalten ist Muttersein.

68 2004

Gottesbegegnung kann nur auf Wegen stattfinden, die wir durcheilen,
und auf Plätzen, wo sich Bewegung in Stille erweitert. Der Weg,
gesäumt von den gewählten Verrichtungen irdischen Daseins, ist
die einzige Chance der Gotteserfahrung und Wandlung des „Blutes"
in „Wein", des Irdischen in Geistiges – der Weg von der Wiege bis
zum Grab, von der „Krippe" bis „Golgatha", von der Herabkunft bis
zur Auferstehung.

223 2002

All das ist das Werk des Einen,
der sich aus der Stille seines
       wissenden Seins,
       seienden Wissens
auf den Weg machte,
       um sich beschauen zu können,
       um selbst beschaut zu werden,
damit der Jubel vollkommen werde,
und alle Erscheinungen einstimmen mögen,
singet dem Allmächtigen und Allwissenden
       ein neues Lied
lobet und preist seine Taten,
damit Himmel und Erde eins werden,
wie es am Anfang war.

69 2004

Nicht Gläubige, sondern Suchende haben die Chance einer
Erfahrung, die aus dem ewigen Wechselspiel von Beliebigkeit
und Verbindlichkeit, von Bewegung und Stille entsteht, –
einer Erfahrung, wenn auch unbewusst, der inneren Wandlung.

142 2002   **Gebet** *Was DU auch immer sein magst,*
ich weiß, ich bin aus DIR entstanden.
Ich weiß, DU hast mich in die Welt gebracht,
um DEIN Werk zu vollenden.
So, wie jedes Wesen eine Aufgabe hat
in DEINEM großen Plan –
mag die Aufgabe noch so klein sein –,
so habe auch ich in DEINER Welt
der Erscheinung die Aufgabe,
DEIN Bild auf dieser Erde zu sein –
DEIN Bild, das DEIN Werk vollendet
und DICH DEINES Werkes wegen
lobt und preist – bis in alle Ewigkeit.

70 2004

Das Wort kann und darf sich nicht verstecken. Es hat an Macht nichts eingebüßt. Alle Zeichen einer Verwahrlosung der Gesellschaft tragen auch das Zeichen der Sehnsucht in sich, einer Sehnsucht nach der Macht des Wortes, welches das gesamte Leben durchdringt und der Spanne des Daseins auf der Erde Sinn verleiht.

119 2004

Der König war ein KÖNIG, ein König, . . . ein König . . . ein . . . . . Sonst nichts! Das Volk jubelte, jubelte, . . . jubelte . . . . ju . . . . . . Sonst nichts! Das Land ging zugrunde.

118 2004

Der König zog außer Landes, wollte die Fremde sehen, den Reichtum finden, die Sorgen zerstreuen, wollte das Leben entdecken. Das Volk aber darbte.

120 2004

Der König war gütig. Der König war mild. Der König war nachsichtig. Er ließ Beamte sein Land verwalten. Das Volk verkam. Der König wurde einsam. Das Land trieb keine Blüte mehr.

117 2004

Der König wollte regieren, wollte stark sein. Der König legte die Krone ab, stählte seine Muskeln, nahm Massagen und Bäder, trainierte den Atem bei Fitness und Wellness, trank Säfte und Elixiere, schönte sich mit Versace und Bulgari. Die Krone lag an sicherem Ort. Spinnen spannten ihr Netz. Staub trübte den Glanz. Der König verlor seinen Adel.

116 2004

Der König wollte König nicht sein. Er wollte gleich sein, wollte sein wie alle. Er meinte, sie seien froh, wenn er sei wie sie. Das Volk aber verirrte sich. Es verlor den Weg und das Ziel.

121 2004

Der König konnte nicht herrschen, konnte sein Volk nicht regieren. Der König holte Söldner ins Land. Sie bemächtigten das Volk. Bald werden die Söldner den König beherrschen.

115 2004

Der König wollte berühmt sein, beachtet von den Großen der Welt, umgab sich mit Glanz und Glorie, eilte von Sieg zu Sieg. Das Volk verlor Kraft, um den König zu stützen, musste leiden unter Exzessen und Begierden, musste kämpfen und bluten zum Triumphe des Königs, des Helden, des Eitlen.

114 2004

Der König weiß, er ist König. Der König weiß, er beherrscht das Land. Der König meint, das Volk zu regieren. Das ist es, sagt er, so ist es gut. Der König aber, er ist tot. Das Volk liegt im Sterben.

113 2004

Das Volk steht auf. Das Volk rebelliert. Ein König, der nicht herrscht, hat sein Recht verwirkt. Ein König, der nicht regiert, hat die Macht verloren. Das Volk stürzt den König. Das Volk beginnt zu bestimmen. Dem Volk aber fehlt Gottes Segen.

112 2006

ICH bin der König eines unermesslichen Reiches. ICH werde die verborgenen Schätze zu Tage fördern und meine Vollkommenheit in Erscheinung bringen. So wird ein Wohlgefallen sein.

214 2005

Nichts ist schlimmer, als mit leeren Händen unter Menschen zu sein.

215 2005

Du empfängst nur das, was Du bereit bist zu geben.

209 2006

Felder werden beackert, gepflügt (heute: bewirtschaftet). Felder sind Boden für Nahrung, für Leben (heute: Ertrag, Gewinn, Rendite). Felder sind fruchtbar, sie tragen Früchte – oder auch nicht. Sind ermüdet, erschöpft, karg, tot. Wo finden wir das fruchtbare Feld, den Boden, der Leben trägt? Neues Leben?

226 2005

Die „neue" Lehre:
- • Solange Du suchst, wirst Du nicht finden.
- • Solange Du Wege gehst, wirst Du nicht ankommen.
- • Solange Du Erleuchtung anstrebst, wirst Du geblendet sein.
- • Solange Du Gipfel ersteigen willst, wirst Du Dich in Tälern verirren.
- • Solange Du Dich anstrengst, wirst Du ermüden.
- • Solange Du etwas besitzen willst, wird es Dir entgleiten.

Du bist bereits alles und hast bereits alles.
Du stehst aber neben Dir.
Dein wahrer, natürlicher Zustand ist:
- • ICH habe gefunden.
- • ICH bin angekommen.
- • ICH bin das Licht.
- • ICH bin der Gipfel.
- • ICH bin die Kraft.
- • ICH besitze alles.

Dieser Zustand ist Basis, kein Gipfelerlebnis.
- • ICH bin der Beweis für DEIN SEIN.
- • ICH bin die Verherrlichung DEINES Wesens.

91 2005

Kunst ist Gottes Verherrlichung Seiner selbst.

216 2005

Nicht vom Abglanz leben,
selber Glanz sein.

86 2006

Durch Straßen schallen Oktaven der Retter
ohn' Hoffnung, die Sterbenden retten zu können.

87 2006

Aufwachen und erkennen,
geschlafen zu haben,
das ist schrecklich.
Besser ist, schlafend einschlafen,
das tut nicht weh.

88 2006

Gemeinschaft sorgt nicht für Wohlbefinden.
Gemeinschaft reizt, provoziert, schafft Unbehagen.
Schlaffe Geister sind Unrat.

89 2006

Ein weiser Mann wurde gefragt:
Wo ist meine Zukunft?
Wie komme ich voran?
Wo soll ich hingehen?
Der Weise sprach:
Geh' zurück, dann wirst du vorankommen.
Schau, wo du herkommst, dann weißt du, wo es hingeht.
Deine Zukunft gibt es nicht.

107 2006

Das Billardspiel

Nun ja, da gibt es diesen so genannten Stock, ein dürrer Stecken nur, von unscheinbarer Gestalt, „Queue" sagen die vornehmen Herren und auch andere, die Zigarren in Mundwinkel schiebend. Und dann gibt es noch Kugeln, rund, prall, von glänzender Sattheit. Die liegen herum wie auf einer grünen Wiese, untätig, mit sich zufrieden. Man braucht diesen dürren Stecken, um eine davon in Bewegung zu setzen. Und dann springen sie von einer zur anderen, kreuz und quer, bis eine davon ein Ziel erreicht. „Ich habe es geschafft", sagt die Kugel, die letzte. „Ich habe den Lebenskampf erfolgreich bestanden" oder auch „Ich bin eingegangen als Auserwählte in das Tor zum ewigen Leben". Die Kugel, die ihr den letzten Stoß gab, ist vergessen, und auch all die anderen, die ihr auf den Weg halfen. Der dürre Stecken, der den Anstoß gab, wird achtlos in das Regal zurückgestellt. Und wer hat ihn gar bedient, den Queue?

108 2006 **Der Stein und die Welle**

Die Weisen sagen es, und viele kennen es: Das Bild vom See, dessen Stille ein fallender Stein zerstört, – aber nein, der regelrechte Kreise bewirkt, die sich alle bewegen, fort und fort, in wundersamer Schönheit. Manchem ist in der Schau eine Erleuchtung gelungen.

Wer aber spricht von der Welle, der letzten, die ans Ufer schlägt? Das Schilf erzittert, Blüten fallen, Frösche erschrecken, Vögel fliegen auf mit schrillendem Schrei!! „Ich habe die Macht", sagt die Welle. „Ich bin es, die die Ufer zernagt und die Welt verändert. Alle müssen mich beachten", sagt sie stolz. „Die Macht ist bei mir."

Sie hat die Welle vergessen, die vor ihr war, und auch alle anderen Wellen, die ihr die Macht gaben. Und keine der Wellen entsinnt sich des Steins, der den Fall in die Tiefe nicht scheute.
Und wer hat ihn geworfen? Den Stein?

109 2007 **Der herzhafte Biss** Auf einer Bank in einem großen Park saßen zwei Mädchen. Sie hatten viel geplaudert und waren müde all der Bilder, Träume und Sehnsüchte: Sarah mit den tiefgründigen Augen und Julia, zwei Sterne im Gesicht – Zwillinge und doch so verschieden. Sie waren ganz still geworden. Die Leere war bedrückend. „Nun sag' doch was." – „Warum ich?" – „Du weißt viel mehr zu sagen." – „Du kennst aber die besseren Geschichten." – „Die kennst du auch." – „Du kannst aber so schön erzählen." – Nun gut, nach langem Hin und Her, Sarah holte tief Luft und begann ihre Geschichte:

Einst gab es die beiden, den Adam und die Evah. Sie lebten zusammen und waren sich ihrer genug. Sie hatten kein Auge für die Welt, für Tiere und Pflanzen, für die Pracht der Farben, für die Anmut der Bewegung. Für die wunderbaren Klänge hatten sie kein Ohr, für die Sprache der Vögel, das Singen des Windes, das Tropfen des Regens, des Donners Grollen. Die Düfte der Blumen und die Aromen der Nahrung waren ihnen fremd. Sie bemerkten weder die Gezeiten des Jahres noch des Tages Rhythmus. Dem Schlagen des Herzens und dem Fließen des Atems schenkten sie keine Beachtung. Sie waren einfach da. Und so verging die Zeit.

Eines Tages kam eine Schlange auf sie zu und hub an zu sprechen: „Fürchtet euch nicht. Ich bin das Wort aus dem Munde des Schöpfers. Ohne Hände und Füße bin ich Bewegung als solche. Ich bin die Schlange, des Wortes Hin und Her, der Stimme Auf und Ab." „Warum störst du unsre Ruhe? Was willst du von uns?" „Ich bin der Beweger. Ich bin das Wort, das die Welt bewegt. Steht auf, bewegt euch und beißt in diesen Apfel. Der Biss wird euch Weisheit und Erkenntnis verschaffen." „Ein Apfel?", sprach Adam. „Ein richtiger Apfel? Einfach hineinbeißen? Vielleicht ein Trick? Vielleicht bin ich tot? Und was ist Erkenntnis?" „ Alles, was ich geschaffen", sagte die Schlange, „habe ich zu einer Kugel geformt. Nichts gibt es, was nicht in diesem Apfel geborgen ist. In seinem Innersten ruhen unantastbar, für alle Zeiten beschlossen, die Ordnung und das Gesetz. Ihr dürft von diesem Apfel genießen und teilhaben an meiner Schöpfung."

„Einfach hineinbeißen?", sagte Evah. „Das ist doch sicher sehr schwierig. Oben? Unten? Vielleicht auch in der Mitte? Kann man das erst mal üben? Ich mach' das sicher falsch." „Du musst nur herzhaft hineinbeißen, sonst nichts." „Und dann?", sagte Evah. „Was geschieht dann? Was muss ich dann machen? Sag, gib uns Anleitung! Ich habe das noch nie gemacht." „Beiß hinein, und alles geschieht von selbst. Du kannst nicht verhindern, dass du zu kauen beginnst und schlucken wirst. Der Bissen wird in deinen Bauch wandern und sich deiner Existenz einverleiben. So wirst du teilhaben an allem, was ich geschaffen."

Sie wussten zwar nicht, was geschehen wird. Sie wussten auch nicht, was „Weisheit" ist und gar „Erkenntnis", was die Schlange wohl meint mit dem „Apfel", ja überhaupt, diese „Schlange"? Was sagte sie doch?

„Beweger", „Wort", „Schöpfer". Sie beängstigt doch eher, als dass sie
Vertrauen erweckt. Es fehlte wohl an dieser besagten „Erkenntnis", um
sie nicht als „böse" einzuschätzen.

Aber die Neugier trieb sie in das Abenteuer. Und so geschah es denn. Und
plötzlich wussten die beiden, wer sie sind. Ihre Sinne sprangen auf. Sie
wurden groß wie die Welt. Sie erkannten: Was der Apfel birgt, hat der
Leib nun geborgen. Und so gingen sie hinaus in die Welt, gemeinsam,
um in der Fülle des Ganzen zu wohnen und der Weisheit zu danken, den
herzhaften Biss erlaubt zu haben.

Sarah senkte die Lider über ihre Augen und verharrte in Stille. Erstaunt,
fast atemlos schaute Julia zu ihrer Schwester: „Hätte ich eigentlich auch
erzählen können."

90 2007

Kommt ein Schüler zum Meister: „Großer Meister, sage mir, was
ist zwei plus zwei?" Sprach der Meister: „Zwei und zwei, das ist
vier." „Oh du großer, bewundernswerter Meister, wie groß ist doch
deine Weisheit. Aber sage mir doch, wie macht man das, wie
macht man zwei und zwei zu vier?"

64 2008

Das Rauschen der Bäume
Worte des Windes.
Verwehen der Zeit.
Was bleibt?

33 2008

Geschöpfe entstehen aus LIEBE und LEBEN.
Wo LIEBE nicht ist, kann auch LEBEN nicht sein. –
Das wird die neue Welt sein!
Alle anderen Verhaltensweisen werden sich aus der Welt verlieren.

65 2008

Ein Halm,
aufgerichtet
inmitten wuchernden Grases,
einsam,
vom Winde bewegt und gebeugt.
Bist DU es? Oder ICH?

32 2008

Wissen ist zwar Grundlage, aber es muss ein mütterlicher
Aspekt in mir sein, damit ich etwas aus dem Wissen
machen kann.

85 2008

Herzblut flösse noch zur Stunde in meine Hände, wüsste ich, dass
DU lebst, dass Hoffen und Leiden nicht vergebens waren.
Freiwillig? Oder folgen auch Götter dem Gesetz von Schuld und
Sühne? Weil wir nicht verhindert haben, dass einer von uns das
Bild missbrauchte, sich Macht und Untertanen zu erschaffen.
Wir, Götter, auf die Erde gingen wir in dem Wahne, das Bild retten
zu können vor satanischen Missgeburten, gingen blind in die Begren-
zung.

66 2008

Du Fremde,
die mit Ferne sich verfremdet.
Wer bist Du?

34 2009

Wer das Leben nicht lebt, wird leiden. Schuld und Leid
erwachsen aus nicht gelebtem Leben.

27 2009

Voraussetzung für Erkenntnis ist Zärtlichkeit. Erkenntnis ent-
springt einer zärtlichen Begegnung mit dem Wort, mit dem Gegen-
stand. Den Themen der Welt sollten wir zärtlich begegnen.

35 2009

Leid ist nichts Geschaffenes. Leid ist Abwesenheit von „Normal".
Der Mensch bekämpft ein Phantom. Damit bekämpft er sich selbst.

141 2008

ICH wandle mich in Erscheinung.
ICH erscheine als das, was ich bin.

36 2009

ICH bin eine Gabe des Gebenden.
ICH bin ALLES.
ICH bin das WERDEN.

37 2009

Das Leben verpflichtet Dich zu etwas.
Tust Du es nicht, strafst Du Dich selbst.

38 2009

EGO ist Mangel am Bewusstsein des Ganzen und eine nicht
erfüllte Verpflichtung.

39 2009

Menschen leben heute noch vor dem Paradies.
Paradies ist Ziel – nicht Herkunft.

40 2009

Alles, was denkbar ist, ist.
Es gibt nur Leben, Leben IST.
Nicht gelebtes Leben IST nicht.

41 2009

Lebe das Leben, das ICH Dir gegeben.
ICH, Schöpfer, befreie Dich, wenn Du darum bittest.
Mein Werk, das vollkommene Bild, wird gelingen.

42 2009

Wer die Worte nicht hört, wird den Himmel nicht schauen.

110 2007

ICH, der Vollkommene, trage ein königlich Gewand.

43 2009

Der Mensch hat nur einen Anfang: ICH WERDE!
Seine Wegzehrung ist das Bewusstsein,
dass er aus dem Anfang kommt.

59 2009

Erkenne Dich als eine verpflichtende Gabe des Seins.
Die friedvolle Anschauung dessen,
was Leben ist und
was Da-sein ist,
bescheren Dir noch viele Jahre.

61 2009

Ein Regentropfen
fällt auf ein Blatt.
Erschüttert von der Macht,
neigt es sich dem Regen zu.

60 2009

Da-Sein, ein Spiel der Götter!?
Nun denn, spielen wir mit
und steigern uns
aus epischen Gefilden
in dramatische Szenarien
und bacchantische Infernalien, –
wo doch alles nur Komik ist.
Oder gar eine Burleske?

63 2009

Niemand will ich zeigen, dass ich gescheit bin. Sinnlos, weil's
keiner versteht, weil's keiner verstehen muss. Bringt niemand etwas.
Noch nicht mal mir selbst. Was nutzt es, wenn sie wissen, dass ich
die Welt verstehe, dass ich alles weiß, dass ich alles bin.

Auch will ich die Dummen nicht zu Gescheiten machen, das geht
eh nicht. Dumm bleibt dumm. Und sollten sie ihre Dummheit
erkennen wollen, dann ist's doppelt schlimm, weil das Bemühen,
eigene Dummheit zu erkennen, Dummheit hoch zwei ist.

Was will ich eigentlich? Oder, was soll ich eigentlich? Vielleicht
lediglich den Gescheiten bewusst machen, dass sie gescheit sind.
Die Gescheiten halten sich meist für dumm, wie die Dummen sich
ja immer für gescheit halten. Vielleicht ist es das!

129 2009

Erdenke Deine Vollkommenheit!
Dann wird Dich Deine Vollkommenheit erschaffen!

135 2009

Am Anfang war das Wort. Wo das Wort ist, ist das Leben.
Wo das Wort nicht ist, versiegt das Leben.

140 2009

ICH arbeitet seit Jahrmillionen. ICH ist Schöpfer seiner selbst, der
sein Ebenbild erschafft. Ich bin die Kreatur, auf dem Weg zum
ICH. Der Sprung ins ICH ist Sprung in die Mitverantwortung, in
die Ebenbildlichkeit. ICH nähere mich dem Ziel.

22 2010

Wir wählen die Wege, die wir wandeln.

28 2010

Man muss sich für oder gegen den Dualismus entscheiden –
beides geht nicht.

51 2010

Nach oben gibt es keine Grenzen.

2 2010

Ich lebe zwischen den Erscheinungen der Welt.
Ich wachse in den Zwischenräumen,
wo Stille des Mächtigen webt.

134 2010

Eine unwiderstehliche Macht muss es sein,
die mich in die Materie drängt.

145 2009

ICH bin der Wille zu erscheinen.

52 2010

Es genügt nicht, nur zu sein.
Du musst schon Spuren hinterlassen,
um nicht nur gewesen zu sein.

131 2010

Das Urteil ordnet
Die Liebe versteht.
Die Einen nicht verstehen.
Die Anderen erkennen.

54 2010

Denken ist Kommunikation der Existenz mit dem Ganzen, ist eine
Kooperation von ICH und Geist.
Denken ist Schöpfung, ist Mensch-Werdung.

56 2010

Leben strebt nicht nach Glück.
Leben strebt nach Wahrnehmung seiner selbst,
nach Erscheinung des Ganzen.
Erscheinung ist Erfüllung!

57 2010

Dank ist kein gesagtes Wort.
Dank ist bewusste Existenz,
Dank ist Dasein im LEBEN.
Dank ist Denken des Ganzen.

84 2010

DU bist. Ich weiß, dass DU bist. DEIN Sein ist alles. Keine Frage
mehr. DU bist wie ich. Kein Unterschied. DU bist hier und überall.
Keine Zeit, kein Raum trennen uns. Kein Tod ist Ende. Ich brauch'
DICH nicht. DU fehlst mir nicht. Da ist kein Vergessen, kein
Erinnern. DU bist Leben, das Leben in mir. Und Leben ist ewig.
Tod ist Geburt, und Geburt ist Tod. DU erstehst immer neu in mir.
Gemeinsam ziehen wir die Kreise des ewigen Seins.

138 2010

Dein Leben ist des Anfangs Werden.
Strebst Du nach Gott, wirst Du in der Hölle landen.
Lass' Dein Wachsen geschehen!

139 2010

Heilung ist der Weg von Krankheit nach Gesundheit.
Beides aber gibt es nicht!
Was nun?

29 2010

Die Erkenntnis wird die Menschen zum Anfang führen.

1 2011

Tanzen sollst Du, tanzen wie ein Schleier im Wind, ungebunden,
den Gesetzen Deines Inneren folgend,
einfach tanzen, leben ist tanzen.

154 2010

Du bist vollkommen.
Dir fehlt nichts.
Leben verpflichtet, herauszuholen.
Leben ist geben, was empfangen wurde.
Nehmen ohne zu geben, trocknet aus.
Fülle Dich mit Leben, damit Du geben kannst.

3 2011

ICH kann alles nähren, damit es werde!

5 2011

Eines Tages wirst Du Dich finden,
Illusionen werden abfallen
und Du wirst erkennen, wer Du bist.

235 2011

Welten-Schauung gegen
Welt-Anschauung.

236 2011

Menschen bilden sich ein,
Götter zu sein.
Götter bilden sich ein,
MENSCH zu sein
Der Mensch –
ein zerstörter Gott?
Oder?

7 2011

Die Erscheinungen der Welt sind ein Angebot.
Du hast die Wahl.
Aber – hast Du auch Kriterien für Deine Wahl?

23 2011

Wie soll ich DICH erkennen,
wenn meine Augen DEINE sind?
Wie soll ich DICH besingen,
wenn mein Leben DEINES und
DEIN Leben meines ist?
Wie soll ich DICH lieben,
ohne mich zu lieben?

58 2011

Man kann diese Worte der Wahrheit
und kann jene Worte der Wahrheit wählen,
sie bleiben Worte der Wahrheit,
auch wenn sie das Ganze nicht fassen.
    Man kann eine Interpretation von Wahrheit
      und eine andere Interpretation von Wahrheit hervorbringen,
      das würde die Wahrheit nicht berühren.
Man kann eine Theorie als Wahrheit
und eine andere Theorie als Wahrheit erstellen,
das würde die Wahrheit jedoch nicht treffen.

132 2011

Anfang ist Wort.
Wort ist Werden.
Wort ist Geben.
Gebe den Anfang mit Deinem Wort.

137 2011

Lege Dein Werden in Allmachts Hände.
Höre die Wege, der Anfang Dir weist.
Achte das Ganze, Dein Sein erfüllt.

144 2011

Ein Vöglein wollt' ich sein,
dann könnt' ich munter fliegen,
doch wenn ich abends müde wär',
käm' die Katz' – sie fräß' mich auf.

150 2011

DU, der DU Anfang bist, DU Einsamer,
suchst DU mich noch?
Bin ich verdammt?
Oder schon da? Angekommen? Einsam?
Was ist der Unterschied?

149 2011

Wind will ich werden
Wälder durchwehen
Wolken treiben
und Wasser zu Wellen aufpeitschen
– Stürme zeugen.

Sonne sollt' ich sein
Seelen versengen
Feuer entfachen
und Asche auf Felder verstreuen
– Samen säen.

6 2011

Der Himmel ist offen, die Hölle aber muss locken.

153 2011

Stadt, die menschenmordende Chimäre,
Brutofen aller Bosheit.
Ist das Deine Wiege, Mensch?
Wo kannst Du noch blüh'n und gedeih'n?
War alles umsonst?

204 2011

Der Himmel hat Deinen Körper geschaffen,
damit Du Dir den Himmel schaffst.
Des Menschen Potenz ist der Himmel!

205 2011

Schritt für Schritt
    verzehre ich Zukunft,
    hinterlasse Vergangenheit.
Was verbleibt?
Was Hoffnung scheint, wird Müll.
Wie viele Runden noch?
Ich verschlinge die Zeit.
Wozu?
Werde ich das Ende finden?
Das Licht?

203 2011

Halme im Wind –
gebeugt aber nicht gebrochen.

206 2011

DU sollst DIR kein falsches Bild von DIR machen!

157 2011

Der Mensch denkt und vergisst.
Der Mensch findet und verliert.
Der Mensch schafft Schönes, er verachtet.
Der Mensch gibt Liebe, bald auch Hass.
Der Mensch zeugt Menschen und tötet.
Der Mensch will Frieden, macht Kriege.
Der Mensch kann geben, will haben.
Du baust auf und vernichtest.
Du schaffst Reines, erzeugst Müll.
Du betest zu Gott, zerstörst die Seelen.
Wer bist DU? Ein Gott? Ein Untier?
Bist DU das Leben, DU Vernichter des Lebens?
Sollst DU das sein? DU, der Große, der EINE?
Lass' mich das nicht glauben müssen!

155 2011

Es wird dunkel in der Welt,
wo wir das Licht erhofften.
Die Nebel zerstreuen Konturen.
Berge fallen in Sümpfe,
gierig verschlingend.

Geigen und Harfen verklingen.
Der Menschen Stimmen sind hohl.
Stumpf ward des Geistes Schärfe,
Ebene breitet sich aus.
Das Echo verstummt,
weißer Schnee bedeckt die Erde.
Oder Asche?

202 2011

Lieben ist geben
            verstehen
            verzeihen,
die ursprüngliche Natur des Menschen.
Wüsste ich's nicht, ich würde verzweifeln.
Die Nähe zu Sex, einer Körperfunktion, macht mir Angst.
Beide verwechseln, raubt mir das Bewusstsein meiner Ewigkeit.

180 2011

Anfang bin ICH und Ende,
Weg und Ziel.
Alles bin ICH und vollkommen.
Liebe ist die Macht, die mich bewegt.
Und wozu?
Wer gibt mir Antwort?
Die Menschen sind stumm.
Welches Herz konnte ich bewegen?
Sollte ich das?
Oder ist mein Flug nur des Fluges wegen?
Einem Adler gleich,
die Kleinheit der Welt erkennend,
die Nichtigkeit nach Hause tragend.

231 2011

Wenn DU nicht in mir wohntest, wüsste ich DICH nicht.

233 2011

Geliebt werden
ist keine Liebeserfahrung.
Erfahre Liebe,
indem Du liebst.

232 2011

Du Mensch, bist die Erscheinung einer grenzenlosen Liebe und
einer brennenden Sehnsucht nach Deinem Anfang.

210 2011

Worte sind wie Samen im Wind.
Ob sie Krume finden, um zu fruchten?

Biographie   Hans-Joachim Lenz, Dr.-Ing.

1926	geboren in Mainz
1943	Not-Abitur
1943-1945	Militärzeit
1946	Abitur
1947-1951	TH Darmstadt, Architektur, Dipl.-Ing.
1952-1990	selbständiger Architekt

Aufbau einer Firmengruppe aus Architekten, Ingenieuren und Beratern in Mainz mit Niederlassungen in Hamburg, Hannover, Essen, Düsseldorf, Karlsruhe, Stuttgart, Nürnberg, München, Wien, Agadir/Marokko, Kuwait, Aqaba/Jordanien, Jakarta/Indonesien. Projekte in 17 Ländern auf allen Erdteilen im Auftrag nationaler und internationaler Organisationen wie Weltbank, ILO, UNIDO, EU, GTZ. Mitglied in zahlreichen nationalen und internationalen Berufsorganisationen. Lehraufträge an der TH Kaiserslautern und mehreren Fachhochschulen und Vorträge und Publikationen zu zukunftsweisenden Baumethoden und neuen beruflichen Strukturen

1979	Promotion Dr.-Ing., Universität Kaiserslautern
seit 1989	Vorträge und Seminare in Weisheitslehren (Buddhismus, Hinduismus, Mystik, Kabbalah, Meditation)
1992-2004	Leitung eines Vereins zur Organisation von Vorträgen und Seminaren mit dem Ziel, Weltsichten und Wissenschaft zu verbinden
2002	Gründung einer Stiftung zur Erneuerung geistiger Werte

Lehraufträge, Vorträge, Fachartikel

Publikationen:

1992	Der Mensch
1993	Die Götter auf der Erde
1993	Götter und Engel
1995	Gesetze des Neuen Menschen
1995	Jesus – sein wahres Leben
1996	Die Unsterblichen
1996	Gottes Buch der Neuen Welt
1997	Die Sternenmenschen
1998	Die Welt der Großen Mutter
2001	Die Offenbarung
2002	Die Genesis
2004	Die Heilige Stadt, ISBN 978-3-938088-00-1
2006	Heilung oder Heiligung
2007	Ein Menschbild zwischen Geist und Materie (in KulturForumWissen 2007), ISBN 978-3-938088-16-6
2009	Das Ende des Dualismus, ISBN 978-3-8391-5551-6
2010	Denken – die rationale Kreativität, ISBN 978-3-8391-7603-0
2010	In der Mitte der Welt, ISBN 978-3-8391-9614-4
2011	Jugendjahre 1943–1948, ISBN 978-3-8448-5497-8

EINE STIFTUNG zur Erneuerung geistiger Werte

Die Dr.-Ing. Hans-Joachim-Lenz-Stiftung wurde 2002 als rechtsfähige öffentliche Stiftung des bürgerlichen Rechts mit Sitz in Mainz gegründet. Sie verfolgt ausschließlich und unmittelbar gemeinnützige Zwecke.

Im Wege der finanziellen Unterstützung fördert sie innovative und modellhafte Projekte auf den Gebieten der Bildung und Erziehung mit dem Ziel der Erneuerung geistiger Werte. Als Impulsgeber und Motor für dauerhafte und nachhaltige Konzepte konzentriert sie sich auf die junge Generation. Jugendliche für das Leben zu befähigen, an Werte des Geistes, an Würde, Freiheit und Toleranz zu erinnern, ist ihre höchste Aufgabe. Sie will Menschen begleiten vom Kindesalter bis zur Berufsreife, ohne soziale, politische, religiöse Unterscheidung im Sinne des Grundgesetzes. Die Themen der Stiftung sind:

Bildung
Hebung des kulturellen Niveaus
Erweiterung des allgemeinen Wissens
Zusammenführung von Geistes- und Naturwissenschaften
Persönlichkeitsentfaltung
Erneuerung eines humanistischen Menschenbildes

Erziehung
Entwicklung und Erprobung neuer Lehr- und Lernmethoden durch
- Spielendes Lernen
- Lernen durch Vorbild
- Wissenserwerb statt Wissensvermittlung

Sprache
Erhaltung und Stärkung der deutschen Sprache
Erweiterung und Pflege des Wortschatzes
Sprachliche Ausdrucksformen in Literatur und Poesie
Persönlichkeitsentfaltung durch Sprache, denn:

Mit unserer Sprache sind wir ein Leben lang unterwegs.

Die Förderung von Projekten im Sinne der Stiftungsziele wird aus Spendenmitteln finanziert. Die Akzeptanz der Stiftungsziele und des Förderprogramms drücken Spender mit ihren finanziellen Beiträgen aus. Wir freuen uns über jede Zuwendung:

Mainzer Volksbank BLZ 551 900 00, Kto. 400 4040

Dr.-Ing.-Hans-Joachim-Lenz-Stiftung
Stiftung zur Erneuerung geistiger Werte

Am Michelsberg 1, D-55131 Mainz, Tel. 06131-832255, Fax 06131-85534
E-Mail: info@lenz-stiftung-mainz.de, www.lenz-stiftung-mainz.de

EDITION
ERNEUERUNG GEISTIGER WERTE

Dr. Ing.-Hans-Joachim-Lenz-Stiftung

In der Edition werden Forschungsergebnisse und Modellprojekte aus dem Förderprogramm der Dr.-Ing.-Hans-Joachim-Lenz-Stiftung im Sinne der Nachhaltigkeit und Gemeinnützigkeit publiziert.

Band 1 - Die heilige Stadt
Eine Vision am Beispiel der Stadt Mainz
von Hans-Joachim Lenz,
56 Seiten, broschiert, € 8,80, ISBN 978-3-938088-00-5

Band 2 - Am Anfang waren die Werte
Plädoyer für eine Neuorientierung in der Erziehung
von Kindern und Jugendlichen
von Gabriela Wolf
132 Seiten, broschiert, € 13,80, ISBN 978-3-938088-01-2

Band 3 - Leben ist Spiel
Eine Ferienwoche als Lebensschule
von Gabriela Wolf mit Christine Bredenhöller, Andrea Heck,
Angelika Humann, Margit Kluge, Reinhild Michel, Sonja Wagener,
Heidi Wiehr, reich bebildert.
192 Seiten, broschiert, € 25,00, ISBN 978-3-938088-02-9

Band 5 - Freunde fürs Leben
Die Körperwelt im Spiel erkunden
Hrsg. Andreas Krause mit A. Heck, A. Humann, G. Wolf
180 Seiten, broschiert, € 15,80, ISBN 978-3-938088-05-0

Band 7 - Das vergessene Wort I
Vom Reichtum der deutschen Sprache
in Darmstadt, Weinheim und Oppenheim
von Katrin Bibiella
291 Seiten, broschiert, € 24,80, ISBN-978-3-938088-07-4

Band 10 - Ehrfurcht vor dem Leben
Albert Schweitzer zur Erneuerung der Kultur
von Claudia Burghart
140 Seiten, broschiert, € 12,80, ISBN 978-3-938088-12-8

Band 11A - Jugend lehrt Jugend
Ein pädagogisches Modellprojekt in Bad Kreuznach
von Sonja Wagener
Teil I: 101 S., brosch., € 8,80, ISBN 978-3-938088-11-1
Teil II: 113 S., brosch., € 9,80, ISBN 978-3-938088-13-5
Teil III: 99 S., brosch., € 8,80, ISBN 978-3-938088-20-3

Band 11B - Jugend lehrt Jugend
Ein pädagogisches Modellprojekt in Overath
von Petra Ehrler
Teil I: 105 S., brosch., € 9,20, ISBN 978-3-938088-10-4
Teil II: 167 S., brosch., € 14,20, ISBN 978-3-938088-14-2
Teil III: 115 S., brosch., € 9,80, ISBN 978-3-938088-23-4

Band 12 - Das vergessene Wort II
Vom Reichtum der deutschen Sprache
in Heidelberg und Weimar
von Katrin Bibiella
166 Seiten, broschiert, € 14,20, ISBN 978-3-938088-08-1

Band 13 - De Dignitate Hominis
Zum Menschenbild in der Geschichte der Pädagogik
von Gabriela Wolf
160 Seiten, broschiert, € 14,20, ISBN 978-3-938088-09-8

Band 14 – Handeln als gelebter Wert
Aus Hannah Arendts Leben und Werk
von Patricia Rehm
146 Seiten, broschiert, € 12,80, ISBN 978-3-938088-15-9

Band 15 – KulturForum Wissen 2007
„Wir sind auf dem Weg."
Ein Menschenbild zwischen Geist und Materie
von Hans-Joachim Lenz
52 Seiten, broschiert, € 5,80, ISBN 978-3-938088-16-6

Band 16 – Das vergessene Wort III
Vom Reichtum der deutschen Sprache
in Aschaffenburg
von Katrin Bibiella
103 Seiten, broschiert, € 9,20, ISBN 978-3-938088-17-3

Band 18 – Das Tagebuch
Ein Medium zur Selbstreflexion
von Sabine Gruber
122 Seiten, broschiert, € 10,80, ISBN-13 978-3-938088-19-7

Band 19 – Leben ist Spiel II
Eine Ferienwoche als Lebensschule in Overath
von Petra Ehrler u. a., reich bebildert
158 Seiten, broschiert, € 14,90, ISBN-13 978-3-938088-21-0

Band 20 - KulturForum Wissen 2008
Vergessene Werte – Von den Wurzeln der Kultur
239 Seiten, broschiert, € 22,90, ISBN-978-3-938088-22-7

Band 21 - KulturForum Wissen 2009
Liebe – das All-Eine
173 Seiten, broschiert, € 16,80, ISBN 978-3-938088-24-1

Band 22 – Das vergessene Wort IV
Vom Reichtum der deutschen Sprache
in Marburg
von Katrin Bibiella
128 Seiten, broschiert, € 11,80, ISBN 978-3-938088-25-8

Band 23 – Das Hohelied vom Menschen
Eugen Finks Deutung der menschlichen Existenz
von Angelika Humann
85 Seiten, broschiert, € 8,80, ISBN 978-3-938088-26-5

Band 24 - KulturForum Wissen 2010
Menschen, die die Welt bewegten
167 Seiten, broschiert, € 16,80, ISBN 978-3-938088-27-2

Weitere Projekte siehe:
www.lenz-stiftung-mainz.de

FSC
www.fsc.org
MIX
Papier aus verantwortungsvollen Quellen
Paper from responsible sources
FSC® C105338